Barbara Danzl · Sibylle Vogel
Innsbruck – Stadtführer für Kinder

Barbara Danzl

INNSBRUCK

Stadtführer für Kinder

Illustriert von
Sibylle Vogel

Picus Verlag Wien

Kennst du auch die anderen Stadtführer für Kinder aus dem Picus Verlag?

Berlin – Stadtführer für Kinder
von Joscha Remus und Sibylle Vogel

Berlin – City Guide for Children
von Joscha Remus und Sibylle Vogel

Hamburg – Stadtführer für Kinder
von Kathrin Sander und Michel Lengenfelder

Lübeck – Stadtführer für Kinder
von Maijka Gerke, Karolin Küntzel, Barbara Peters, Johanna Prinz, Sonja Köhler und Wiltrud Wagner

München – Stadtführer für Kinder
von Martina Gorgas und Sibylle Vogel

Salzburg – Stadtführer für Kinder
von Margit Salamonsberger und Johanna de Wailly

Vienna – City Guide for Children
von Brigitta Höpler, Alexander Potyka und Sibylle Vogel

Wien – Stadtführer für Kinder
von Brigitta Höpler, Alexander Potyka und Sibylle Vogel

Gedruckt nach der Richtlinie des
Österreichischen Umweltzeichens
„Druckerzeugnisse",
Druckerei Theiss GmbH, Nr. 869

Grafische Gestaltung: Dorothea Löcker, Wien
Druck und Verarbeitung:
Druckerei Theiss GmbH, St. Stefan im Lavanttal
ISBN 978-3-85452-188-4

Informationen über das aktuelle Programm
und Veranstaltungen unter
www.picus.at

Inhalt

Damit du dich in dem Buch gut zurechtfindest, helfen dir folgende Zeichen:

R 5 Nähere Hinweise findest du in Rundgang 5.

Häuser, die im Rundgang beschrieben werden.

Der Weg, den du gehen wirst.

Beginn des Rundgangs.

Hier erfährst du Spannendes über Innsbruck oder bekommst Tipps für interessante Unternehmungen und Ausflugsziele.

Hier kannst du etwas zeichnen oder ergänzen.

Hier gilt es, genau zu schauen oder ein Rätsel zu lösen. Die Auflösungen findest du ganz hinten im Buch.

Praktische Hinweise zu diesem Buch

Hier sind noch ein paar Tipps für deine Entdeckungsreise durch Innsbruck. Das erste Kapitel dieses Stadtführers gibt dir einen Überblick über Innsbrucks Geschichte. Du erfährst, warum an einer sumpfigen Stelle am Innfluss eine Stadt entstand, wieso ein Kaiser Innsbruck zu seiner Hauptstadt machte und weshalb Innsbruck eine Stadt des Sportes ist.

Der Hauptteil des Buches besteht aus sechs Touren. Diese Spaziergänge führen dich zu Orten und Bauwerken, an denen die Geschichte der Stadt lebendig wird und auch zu Plätzen rund um die Stadt, zum Bergisel und auf die Nordkette.

Was solltest du dabeihaben? Auf jeden Fall bequeme Schuhe und einen Stift, damit du die Rätsel lösen kannst. Sonst heißt es nur: Augen auf und sich gut umschauen. Wenn du ein Fernglas hast, kannst du es auch gerne mitnehmen – dann kannst du zum Beispiel die Spitze des Stadtturms genauer unter die Lupe nehmen. Meistens führen die Spaziergänge durch Fußgängerzonen und Straßen mit breiten Gehsteigen. Du solltest aber trotzdem immer auf den Straßenverkehr achten, nicht nur wenn du eine Straße überquerst.

Im siebten Kapitel gibt es weitere spannende Ausflugsziele. Damit du schnell hinfindest, steht immer dabei, wie du dort hinkommst.

Übrigens: Ein frecher Vogel begleitet dich durch dieses Buch. Er hilft dir, dich in der Stadt zurechtzufinden, und stellt auch die ein oder andere Frage.

Viel Spaß in Innsbruck!

Eine kleine Geschichte der Stadt

Achtung: Wasser

Die ersten Innsbrucker lebten an den sonnigen Berghängen der Nordkette. An den Innfluss trauten sie sich nicht wirklich heran. Unberechenbar floss er durchs Tal und überschwemmte regelmäßig das ganze Land. So sammelten sie in den umliegenden Wäldern, was sie zum Leben brauchten, und kämpften mit Bären und Wölfen. Sie verstanden es aber auch, Äcker zu bestellen und Getreide anzubauen. Weil man damals auch schon Waffen und andere Gegenstände aus Bronze herstellen konnte, nennt man diese Zeit auch Bronzezeit.

Die Römer kommen ...

Was schimpften die römischen Soldaten über die schlechten Bergwege, über die sie marschieren mussten, um das Land zu erobern! Schnell bauten sie deshalb bessere Straßen. Eine davon führt noch heute über den Brennerpass von Italien nach Innsbruck. Dort angelangt suchten auch sie eine trockene Stelle für einen Stützpunkt und bauten das Kastell Veldidena. Wie in einer modernen Autobahnstation konnten sich dort reisende Römer ausruhen und neue Kraft tanken. Rundherum siedelten sich Einheimische an, die von den Römern Räter genannt wurden.

... und verschwinden auch wieder!

Als die Zeit des Römischen Weltreichs zu Ende ging, wurde das Kastell abgerissen und an derselben Stelle das Kloster Wilten gebaut. Die Mönche begannen mit einem Floß den Inn zu überqueren. Der Fährmann wohnte aber nicht in Wilten, sondern in Anpruggen – auf der anderen Seite des Inns, dem heutigen Hötting. Obwohl beide Siedlungen sich schnell vergrößerten, dauerte es noch sehr lange, bis sie ein Teil von Innsbruck wurden.

Ein Brücke muss her

Die eigentliche Geschichte von Innsbruck beginnt – wie der Name schon sagt – mit einer Brücke im Mittelalter. Die damaligen Herrscher, die Grafen Andechs, wollten gerne eine bauen. Zu gefährlich erschien ihnen die Bootsfahrt über den Fluss. Die passende Stelle am Inn war schnell gefunden, nur leider gehörte das Land nicht den Grafen. Und so musste mit dem reichen Kloster Wilten lange verhandelt werden. Viel Geld und andere Besitztümer waren nötig, bevor die Mönche endlich einwilligten zu tauschen.

Die Stadt wird geboren

1180 war es dann so weit: Die hölzerne Brücke über den Fluss war fertig! Genauso wie die Stadt. Ganz schnell wurde sie an einem Ende der Brücke gebaut und von einer hohen Mauer umgeben. Die Mauer schützte auch die Brücke, damit sie keiner ohne Erlaubnis benützen konnte. Eine Erlaubnis erhielt man nur, wenn man Maut bezahlte. So wurde Innsbruck schnell reich. Denn Reisende, vor allem Händler, gab es viele. Sie wanderten entlang der alten Handelsrouten, die schon seit den Römern durch Innsbruck führten.

Ein Wappen und eine eigene Kirche

Die Grafen von Andechs waren sehr stolz auf ihre Brücke. Wen wundert es also, dass diese das Stadtwappen von Innsbruck ziert. Sehr froh waren sie auch, doch noch eine eigene Kirche bauen zu können. Das Kloster Wilten hatte es vorerst nämlich verboten. Aber eine Stadt ohne Kirche – das geht doch nicht! Sie stand am Domplatz, dort, wo heute der große Dom steht – mittlerweile die wichtigste Kirche von ganz Tirol.

Kostbares Wasser

Wasser trank man im Mittelalter aus dem Fluss. Im Inn landete aber auch aller Abfall. Gesund war das nicht, und so wurden viele Menschen krank.

Quellwasser war die Lösung. Doch das gehörte den umliegenden Dörfern. Bis 1485 ein Mann aus Hötting Bürgermeister von Innsbruck wurde und eine Leitung von seinem Grundstück in die Stadt verlegen ließ. Endlich sprudelte nun auch aus einem Brunnen am Stadtplatz frisches Wasser! Bald schon wurden immer mehr Leitungen nach Innsbruck verlegt. Da sie aus Holz waren, schmeckte ziemlich lange auch das Wasser ein wenig danach. So lange, bis die Holzrohre nach und nach durch moderne Leitungen ersetzt wurden. Aber das sollte erst rund 400 Jahre später geschehen.

Im Badhaus

Häuser mit Badezimmer gab es zu dieser Zeit natürlich auch nicht. Man wusch sich notdürftig am Brunnen oder über einer Waschschüssel. Beliebt waren die Badhäuser der Stadt. Öfter aber als einmal in der Woche ging man auch dort nicht hin um sich zu baden.
Der Bademeister – Bader genannt – sorgte übrigens nicht nur für reichlich

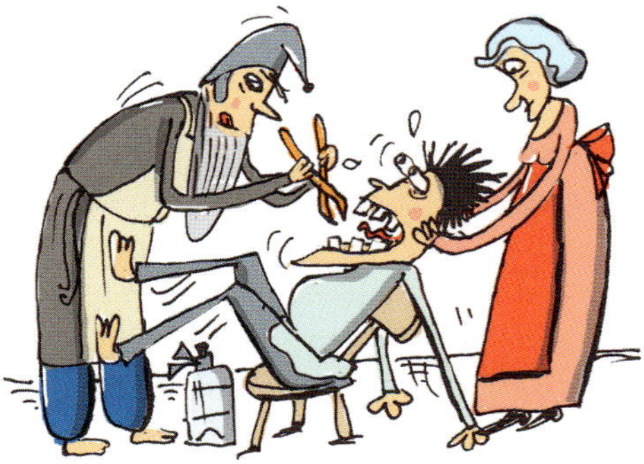

warmes Wasser. Er schnitt auch Haare und zog schmerzende Zähne.
Als dann immer mehr Häuser durch Leitungen mit Wasser versorgt wurden, verschwanden die Badhäuser langsam aus der Stadt. Nur wenige kann man noch besuchen: um in die Sauna zu gehen beispielsweise, oder auch um sich über die Geschichte der Stadt zu informieren. Im alten Badhaus in der Badgasse ist heute nämlich das Stadtarchiv/Stadtmuseum untergebracht.

Im Stadtarchiv findest du Wissenswertes zur Wasserversorgung und ein Stück der alten hölzernen Wasserleitung.

Jetzt kommt der Kaiser

Goldene Zeiten beginnen, als Kaiser Maximilian I. sich entschließt, Innsbruck zur Hauptstadt zu machen. Die Stadt am Inn liegt nicht nur günstig in der Mitte seines großen Reiches, ihm gefällt die Lage auch besonders, weil er gern in den Bergen jagen und fischen geht.

Praktische Gründe gab es natürlich ebenfalls: Ganz in der Nähe fanden sich nämlich gleich zwei Einnahmequellen zum Bezahlen seines verschwenderischen Lebensstils: das Bergwerk in Schwaz mit gigantischen Mengen an Silber und die reichen Salzvorkommen in Hall in Tirol. Es konnte also nicht schaden, wenn Maximilian da öfter nach dem Rechten schaute.

Ein riesiger Schuldenberg …

All die Schätze waren aber nicht genug und so konnte er am Ende seine Rechnungen nicht mehr bezahlen. Das soll auch der Grund gewesen sein, warum die Innsbrucker Maximilian einmal einfach vor den Stadttoren stehen ließen. Wie sehr der Kaiser auch an die Tür schlug, niemand öffnete. So blieb ihm also gar nichts anderes übrig, als weiterzuziehen. Hätten die Bewohner der Stadt gewusst, dass der Kaiser auf dieser Reise sterben würde, hätten sie das Tor vielleicht doch noch geöffnet.

… und doch ein reiches Erbe

Maximilian hat Innsbruck viel hinterlassen. Allem voran das Goldene Dachl – Hauptattraktion und natürlich das Wahrzeichen der Stadt. Vom Kaiser stammt auch ein wichtiges Gesetz. Jedes Tiroler Schulkind kennt es unter dem Namen »Landlibell«. Darin bestimmte Maximilian, dass die Tiroler für ihn Kriegsdienst leisten müssen, aber nur dann, wenn es um die Verteidigung von Tirol geht. Damit alle Männer im Notfall mit Waffen ausgestattet werden konnten, errichtete Maximilian das Zeughaus.

Im Zeughaus finden sich heute keine Waffen mehr, dafür aber ein Museum zur Geschichte Tirols.

Ein Schloss für eine Bürgerstochter

Wie sein Großvater Maximilian war auch Ferdinand II. sehr an Kunst interessiert. Und er war unsterblich in die Bürgerstochter Philippine Welser verliebt. Das war ein Problem: Eine Bürgerliche war am Hofe in Innsbruck nicht willkommen. So entschloss er

sich, nicht die Stadt zu verschönern, dafür aber eine nahegelegene Burg. Er machte daraus Schloss Ambras mit seiner weltberühmten Kunst- und Wunderkammer. Hier soll er mit Philippine und den gemeinsamen Kindern sehr glücklich gewesen sein.

Das Schloss, die Sammlungen und der schöne Schlosspark sind einen Besuch wert!

Große Baustellen

Größer und noch schöner wird Innsbruck dann unter Kaiserin Maria Theresia. Genau 250 Jahre nach Maximilian residiert auch sie vorübergehend wieder in Innsbruck und lässt die Hofburg umbauen. Stadtmauer und Stadtgraben verschwinden und rund um die Altstadt entsteht ein Haus prächtiger als das andere. Denn die vornehmen Familien, alle von der Kaiserin persönlich in die Stadt gelockt, wollen ja standesgemäß wohnen. Viele der Palais finden sich noch heute in der Maria-Theresien-Straße.

Wie der Vater, so der Sohn

Reichlich Schmuck auf einem großen Haus und kräftige Farben mit viel Gold – das sind die Zutaten für ein richtiges barockes Gebäude. Egal ob Kirche, Schloss oder Wohnhaus, alle sollten beeindruckt sein. Die Tiroler Familie Gumpp – lauter Baumeister, Tischler und Maler – baute solche Häuser besonders gut. Im Grunde wollte jeder so ein Gumpp-Haus haben. Deshalb ist die Liste der Gebäude, bei denen ein Gumpp seine Finger im Spiel hatte, sehr lang: die Hofburg, viele Gebäude in der Maria-Theresien-Straße, das Landhaus, der Dom zu St. Jakob, die Jesuitenkirche, die Stiftskirche Wilten und, und, und ...

Ein Komödienhaus,

in dem auch traurige Stücke gespielt werden konnten, musste noch gebaut werden. Prunkvolle Aufführungen standen damals auf der Tagesordnung und so war ein Schiff, das im Wasser über die Bühne segelte, gar nichts Besonderes. Heute steht auf diesem Platz das große Congresshaus. Das Theater zog auf die andere Straßenseite.

Mit Mistgabeln und Heustecken

Man schreibt das Jahr 1809 und es ist die große Zeit des französischen Kaisers Napoleon. Er erobert ganz Europa, und auch der österreichische Kaiser musste sich geschlagen geben. Vom Kaiser in Wien im Stich gelassen und an die Feinde ausgeliefert, sahen viele ihr Land und ihr Leben bedroht. Das wollten sich die Tiroler einfach nicht gefallen lassen. So griffen sie zu den Waffen und zogen mit allem was sie hatten in die Schlacht. Gekämpft wurde gegen französische Kanonen und Gewehre mit Mistgabeln und Säbeln. Da geschah das Unvorstellbare: Drei Schlachten gewannen die tapferen Männer unter der Führung von Andreas Hofer am Bergisel. Die so siegesverwöhnte französische Armee war geschlagen und ein Bauer zog in die Hofburg. Doch nicht für lange: Andreas Hofer wurde von einem Freund verraten, verhaftet und in Mantua erschossen. Die Tiroler Landeshymne erzählt die ganze Geschichte. Auch Napoleon nahm kein gutes Ende. Danach war dann alles wieder wie zuvor und Innsbruck mit Tirol gehörte wieder zu Österreich.

Im Riesenrundgemälde am Bergisel kannst du dir ein Bild von einer dieser Schlachten anschauen.

Neue und alte Stadtteile

Immer mehr Menschen zog es in die Stadt. Kein Wunder also, dass sie bald aus allen Nähten platzte. Man brauchte dringend neuen Wohnraum. Und so wurde gebaut, wo früher große grüne Wiesen waren. Im Saggen zum

Beispiel, wo schöne Villen für reiche Leute entstanden. Die Stadt rückte auch immer näher an die umliegenden Dörfer. Bald schon konnte man Innsbruck mit freiem Auge gar nicht mehr von seinem Nachbardorf unterscheiden. Und so schluckte die Stadt einen Ort nach dem anderen. Erst wurde Wilten zu einem neuen Stadtteil, dann Pradl. Es folgten Hötting, Mühlau und Amras, Arzl, Vill und Igls. Auch heute wächst die Stadt ständig weiter.

Keine Pferdekutschen mehr

Es ist die Zeit der Eisenbahn. Schnaufende Dampflokomotiven bringen viele Reisende in die Stadt. Ein Bahnhof wird gebaut, und damit die Eisenbahn auch wirklich ankommt, werden die Gleise in der Nähe des Flusses auf steinerne Bögen verlegt. Anders wären sie in dem immer noch sumpfigen Gebiet untergegangen. Diese Bauten nennt man Viadukte, und auch heute fährt hier noch der Zug drüber.

Einmal ganz nach oben bitte!

Eisenbahnen fuhren damals also schon durchs ganze Land. Warum sollte man dann nicht auch mit einer Bahn auf den Berg fahren können? Im Jahr 1907 war es endlich so weit. Die Hungerburgbahn nahm ihren Betrieb auf. Doch den Erbauern ging es nicht schnell genug und hoch genug auch nicht. So wurde mehrmals umgebaut und ausgebaut. Heute kann man mit der Hungerburgbahn und weiter dann mit der Nordkettenbahn in weniger als 20 Minuten fast bis zu den Bergspitzen fahren. Und das ist den Innsbruckern wichtig. Man sagt ja immerhin nicht umsonst, dass sie schon mit Skiern an den Füßen auf die Welt kommen.

In Zeiten des Krieges

Als der österreichische Thronfolger Franz Ferdinand 1914 in Sarajevo ermordet wurde und daraufhin der Erste Weltkrieg begann, ahnte niemand, dass es am Ende des Krieges keinen Kaiser mehr geben würde. Doch genau das geschah: Aus dem großen Kaiserreich Österreich wurde die kleine Republik Österreich von heute. Niemand hätte außerdem gedacht, dass auf diesen schrecklichen Krieg so bald ein noch schrecklicherer folgen sollte. 1938 marschierten deutsche Soldaten ein, Österreich wurde nun zu einem Teil Deutschlands. Wieder mussten viele Männer in den Krieg ziehen und alle Bürger wurden streng überwacht. Am schlimmsten aber erging es der jüdischen Bevölkerung. Adolf Hitler und die Nationalsozialisten hatten es sich zum Ziel gesetzt, alle Juden zu töten. Auch in Innsbruck wurden die jüdischen Familien verfolgt. Wer nicht schnell ins Ausland fliehen konnte, kam in eines von vielen sogenannten Konzentrationslagern und wurde grausam ermordet.

Eine Stadt in Trümmern …

Am Ende des Krieges lag halb Europa ins Schutt und Asche, 80 Millionen Menschen – darunter sechs Millionen jüdische Menschen – waren tot. Das große Denkmal am Eduard-Wallnöfer-Platz erinnert an die schrecklichen Ereignisse und die vielen Opfer aus dieser Zeit.

… wird wieder aufgebaut

Nun begann der Wiederaufbau der Stadt. Zerbombte Häuser wurden wenn möglich »repariert« oder abgerissen und durch neue Häuser ersetzt. Mancherorts nützte man die Zerstörungen auch für Modernisierungen. So verbreiterte man viele Straßen, damit ab sofort Autos und Straßenbahnen durchfahren konnten. Nur die Altstadt blieb wie durch ein Wunder verschont und sieht heute noch so aus wie im Mittelalter.

Gold – Silber – Bronze

Innsbruck war zweimal Austragungsort von Olympischen Winterspielen. Aus dieser Zeit stammen viele Sportstätten und auch das Olympische Dorf.

Erst wohnten hier die Sportler aus aller Welt und heute Innsbrucker. Die Bezeichnung »Dorf« führt etwas in die Irre. Da stehen keine Bauernhäuser rund um einen Dorfplatz, sondern lauter Hochhäuser.

Immer mehr Studenten

Studieren kann man in Innsbruck schon seit 1669, als wieder ein Kaiser, diesmal Leopold I., die Leopold-Franzens-Universität gründete. Ob er wohl ahnte, wie wichtig die Uni einmal für die Stadt werden würde? Heute studieren und wohnen nämlich an die 30.000 Studenten in Innsbruck. Bei einer Einwohnerzahl von rund 125.000 ist das wirklich viel. Das merkt man an den vielen Universitätsgebäuden, die sich über die ganze Stadt verteilen, und auch an den vielen Cafés und Kneipen für junge Leute.

Plätze, wo früher Straßen waren

Innsbruck ist nicht reich an Plätzen. Vielleicht wurden deshalb die gesamte Altstadt und die Maria-Theresien-Straße zu Fußgängerzonen. Weitere Straßen folgten. So kann man heute auch mitten in der Gilmstraße auf einer Terrasse sitzen und die Sonne genießen. Auch sonst ist Innsbruck eine ganz moderne Stadt. Es gibt genauso viele alte wie moderne Häuser, mehrere Theater, viele Kinos und Museen, jede Menge Sporthallen, Schwimmbäder, ein berühmtes Krankenhaus und noch vieles mehr.

Schon gespannt, was es in der Stadt alles zu entdecken gibt?

1. Hinter der verschwundenen Mauer

Die Altstadt

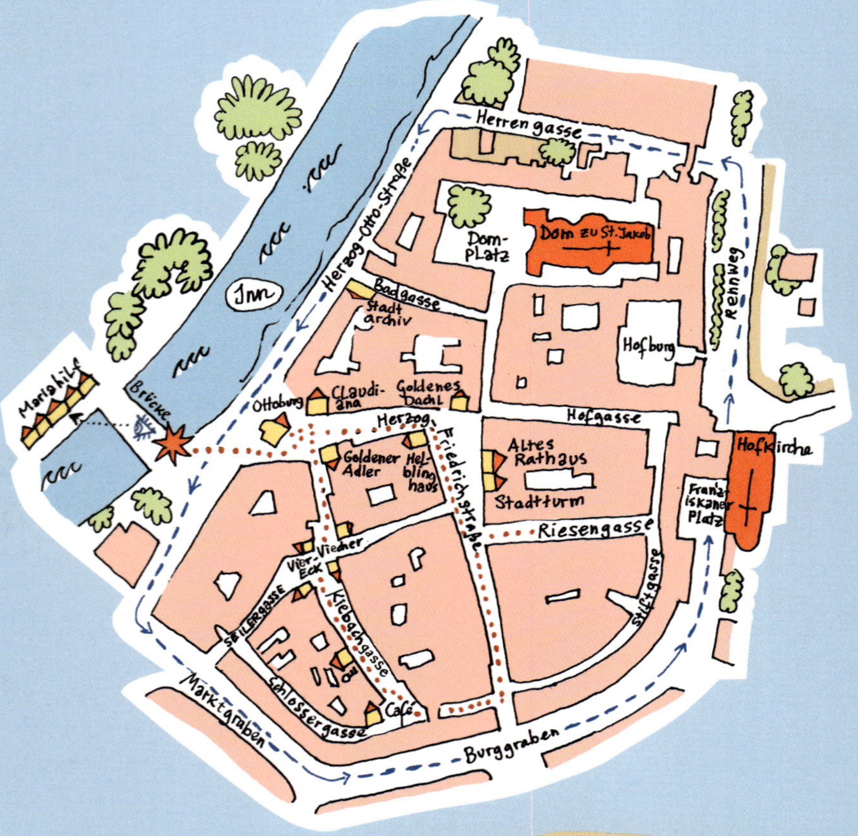

Ausgangspunkt: Innbrücke

Gefährliches Gewässer

siehst du, wenn du auf der Innbrücke stehst und auf den Fluss hinunterblickst. Mal ist es – wie im Lied besungen – grün und mal braungrau vom vielen Schmelzwasser, aber in jedem Fall: wild. Was für ein Glück, dass du nicht mit einem Floß von einem Ufer zum anderen musst, sondern bequem die Brücke nehmen kannst. Wie du ja schon weißt, war das nicht immer so.

Der Fährmann wohnte irgendwo in Anpruggen. Wo genau weiß heute niemand mehr. In welchem der schönen Häuser auf der anderen Flussseite würdest du gerne wohnen?

Vor 800 Jahren

wärst du vor einer mächtigen Stadtmauer gestanden und hättest auf das Öffnen des großen Inntors gewartet. Heute liegt der Eingang zur Altstadt schon längst mitten in der Stadt und du kannst sie ohne längere Wartezeiten betreten. Außer die Ampel steht auf Rot.

Die Häuser der Altstadt

sehen übrigens noch genauso aus wie zu Zeiten von Rittern und Burgfräulein. Zwar war früher vieles noch aus Holz, was heute aus Stein ist. Auch die Geschäfte und Restaurants musst du dir schnell wegdenken. Aber sonst hat sich nicht allzu viel verändert. Die Häuser stehen noch immer dicht gedrängt entlang der Straße und sind ganz nach dem Geschmack von damals in bunten Farben bemalt. Schau dir die Häuser genauer an und du wirst viele kleine Fenster und Erker, mit meist spitzen Dächern, entdecken. Und dann gibt es da auch noch die tollen mittelalterlichen Giebel.

Giebel nennt man den oberen Wandabschluss eines Gebäudes. In Innsbruck gibt es welche in Form einer Glocke oder einer Treppe. Zeichne den, der dir am besten gefällt! Oder erfinde einfach einen neuen.

Aus einem ganz besonderen Stein

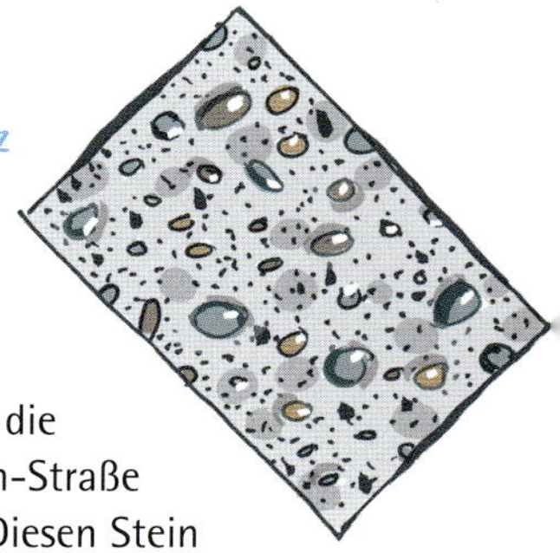

sind die Bogengänge gebaut, die sich die Herzog-Friedrich-Straße entlangziehen. Diesen Stein findest du nur in Tirol und man nennt ihn nach seinem Fundort: Höttinger Breccie.
Unter und hinter den großen Bögen – den Lauben – wurden früher Waren zum Kauf angeboten. Innsbrucker Kaufleute, aber auch viele Wanderhändler machten hier gute Geschäfte. Die ganze Stadt war ein großer Markt.

Eines der ältesten Hotels Europas

befindet sich hinter einer besonders schön bemalten Fassade. Der Goldene Adler hat in den letzten 600 Jahren schon viele berühmte Gäste willkommen geheißen. Auf der steinernen Tafel beim Eingang kannst du nachlesen, wer neben Mozart und Goethe noch hier übernachtet hat.

Unter den Lauben

Nicht nur die Händler schätzten die Laubengänge sehr. Noch heute kommt man – egal bei welchem Wetter – trockenen Fußes von einem Haus zum nächsten. Im heißen Sommer ist es unter den schönen Gewölben außerdem wunderbar kühl. Auch muss man nicht mehr fürchten, den Inhalt eines Nachttopfs über den Kopf ausgegossen zu bekommen. Früher landete nämlich alles, was man nicht mehr brauchte, auf der Straße.

Das offene Kanalsystem von damals

gibt es schon lange nicht mehr. Wenn du aber das Pflaster unter deinen Füßen genauer betrachtest, kannst du noch erahnen, wo sich die alten hölzernen Rinnen befunden haben. Wie Schlangen schlängelten sich diese »Ritschen« entlang der großen hellgrauen Platten durch die Straßen. In ihnen sammelten sich neben dem Inhalt des Nachttopfs auch die Reste des Mittagessens oder das Abwaschwasser.
Du kannst dir vorstellen, wie es hier gerochen hat, obwohl mehrmals am Tag mit Innwasser gespült wurde!

Ein Haus tanzt aus der Reihe

Dabei handelt es sich nicht um das Goldene Dachl, denn das berühmteste Gebäude von Innsbruck wirst du erst im zweiten Rundgang besser kennenlernen. Das Helbinghaus ist aber ganz in der Nähe. Du wirst es sofort erkennen, denn es ist über und über mit verschnörkelten Verzierungen geschmückt. Kein Wunder also, dass der Spitzname des Hauses »Zuckerbäckerhaus« lautet.

Hast du das Helblinghaus gefunden? Zeichne doch solche schönen Ranken und lass sie über die weiße Fläche wachsen.

Der Stolz der Bürger

zeigt sich am 51 Meter hohen Stadtturm. Für lange Zeit war er das höchste Gebäude der Stadt. Ganz oben im Turm lebte der Turmwächter. Seine Aufgabe bestand darin, die Stunden auszurufen und die Stadtbevölkerung rechtzeitig vor Feuer und anderen Gefahren zu warnen. In einer mit viel Holz gebauten Stadt keine so schlechte Idee! Um nach Hause zu kommen, musste der Türmer allerdings 148 Stufen nach oben steigen. Das kannst du heute auch, wenn du einen tollen Blick auf die Dächer genießen willst.

Wenn man im ersten Stock des Turmes in der Gefängniszelle eingesperrt war, hatte man natürlich nicht so eine schöne Aussicht.

Ein Engel mit Wappen schmückt das rote Haus, aus dem der Stadtturm in den Himmel wächst. Wie bei mittelalterlichen Rathäusern üblich, war das Gebäude dreigeteilt. Im Erdgeschoß befand sich eine Kaufhalle mit der sogenannten Brotbank. Nur hier war es erlaubt, Brot zu verkaufen. Im ersten Stockwerk waren die Ratsstube, der Arbeitsplatz des Stadtschreibers und das Stadtarchiv untergebracht. Den großen Bürgersaal findet man noch heute im zweiten Stock. Mit der Zeit wurde das Alte Rathaus zu klein. Ein neues wurde in der

Maria-Theresien-Straße (heute Teil der Rathausgalerien) erbaut, das Stadtarchiv übersiedelte in die Badgasse und Brot gibt es ja zum Glück in vielen Bäckereien in der ganzen Stadt zu kaufen.

Riesen wohnen in der Riesengasse nur zur Weihnachtszeit. Dann kannst du hier wirklich riesige Puppen an den Mauern sehen. Oder du suchst nach anderen Märchenfiguren rund um den Christkindlmarkt.

Hast du schon bemerkt, dass an vielen Häusern ein Gemälde der Muttergottes zu finden ist? Die heilige Maria soll das Haus und alle, die darin wohnen, beschützen. Alle diese Darstellungen schauen einander irgendwie ähnlich. Das kommt daher, dass sie – mehr oder weniger genau – nach einem ganz berühmten Marienbild von einem noch berühmteren Maler gemalt wurden. Der Maler heißt Lucas Cranach. Die echte Cranach-Madonna findest du später im Dom (siehe R3).

Eine krumme Straße

ist die Hauptstraße des alten Innsbruck. Denn obwohl du beim Goldenen Dachl einmal nach rechts abgebogen bist, gehst du immer noch auf der Herzog-Friedrich-Straße. Du könntest jetzt einfach immer geradeaus gehen. Erst aus der Altstadt hinaus, dann aus der Stadt hinaus und irgendwann erreichst du den Brennerpass und den sonnigen Süden – so wie die Wanderhändler aus früherer Zeit auch. Doch erst wollen wir noch in der Altstadt bleiben.

Nach ein paar Schritten

in der Schlossergasse siehst du schon das Café Munding. Es ist das älteste Kaffeehaus von Tirol. Hier gibt es natürlich nicht nur Kaffee zu trinken, sondern auch Heiße Schokolade. Am besten schmeckt dazu eine der herrlichen Torten. Du kannst aber auch eine Schindel vom Goldenen Dachl vernaschen ...

Eine Gasse für Herrn Kiebach

Nun bist du in der Kiebachgasse gelandet. Wie du sicher schon weißt, sind Straßen in einer Stadt oft entweder nach Bauwerken oder nach berühmten Personen benannt. So heißt die breite Maria-Theresien-Straße nach der mächtigen österreichischen Kaiserin. Nur was machte Josef Kiebach so besonders?

Wenn du das Straßenschild findest, kannst du darauf lesen, was der Erfinder des Blitzableiters noch für seine Stadt getan hat.

Den Schlüssel für das verschlossene Tor

bekommst du – wo sonst – beim Schlüsseldienst. Mit ihm kannst du eine der ältesten öffentlichen Schulen Innsbrucks besuchen. Keine Sorge, Unterricht findet in der Maria-Theresianischen Normalschule heute nicht mehr statt, aber den Innenhof mit den Galerien aus Holz solltest du dir auf gar keinen Fall entgehen lassen.

Vielleicht wunderst du dich, warum jetzt auch noch eine Schule nach Maria Theresia benannt wurde. Das hat damit zu tun, dass die Kaiserin die allgemeine Schulpflicht in Österreich eingeführt hat. Davor konnten nur die Kinder aus reichen Familien Lesen, Schreiben und Rechnen lernen.

Ein Haus für Claudia ...

Erkennst du das große orangegelbe Gebäude am Ende der Gasse? Du hast es am Beginn unseres Rundgangs schon gesehen. Die Claudiana ist nach einer Tiroler Landesfürstin benannt, die hier regiert hat. Ihr Name war Claudia de' Medici.

Das Vier-Viecher-Eck

ist eigentlich ein kleiner Platz und die vier »Viecher«, die hier wohnen, entdeckst du an den schönen Wirtshausschildern. Jedes Tier stand einmal für ein Gasthaus und so hatte der Reisende die Qual der Wahl: Ging er in den Roten Adler oder in den Goldenen Hirsch oder doch lieber ...

Die Namen der beiden anderen Gasthäuser sind leicht zu finden, selbst wenn man nicht lesen und schreiben kann ...

... und eine Burg für Otto?

Ob in diesem alten Wohnturm mit seinen rot-weiß-roten Fensterläden tatsächlich Otto II., der letzte Graf von Andechs, gewohnt hat, weiß man nicht so genau. Aber du könntest dich hier für eine Weile ganz wie zu Hause fühlen. Die Ottoburg ist heute ein Gasthaus und allein schon wegen ihrer schönen sternförmigen Gewölbe in den Stuben einen Besuch wert.

Einmal um die ganze Stadt

Wenn du Lust hast, kannst du jetzt noch das alte Innsbruck umrunden. Je nachdem wie schnell du gehst. dauert das zwischen 15 und 20 Minuten. Wir beginnen bei der Ottoburg und dann geht es gegen den Uhrzeigersinn immer der Stadtmauer entlang. Mauer und Graben sind selbstverständlich schon längst verschwunden. Du kannst die Stadtmauer aber noch an der Anordnung der Häuser erahnen. Aufgefädelt wie auf einer Perlenschnur reihen sie sich in einem großen Bogen entlang des Marktgrabens.

Oberlehrer?

Gegenüber der Ottoburg stand früher die Burg der Andechser. Das große weiße Gebäude heißt heute noch Andechshof. Im Inneren hat der Chef aller Tiroler Lehrer – der Landesschulrat – sein Büro. Wenn du also einmal deinen Lehrer loben möchtest, bist du hier genau richtig.

Der Marktgraben

ist nach dem großen Wochenmarkt benannt, der früher hier stattfand. Heute muss man ein Stück weiter in Richtung Inn gehen, um in der Markthalle einkaufen zu können. Außer du hast Glück und am Marktplatz stehen ein paar Händler mit ihren Waren.

Der Burggraben

Am Beginn der Maria-Theresien-Straße wird aus dem Marktgraben der Burggraben, der unter einem Torbogen endet. Bevor du dort durchgehst, schau dich doch ein wenig genauer um. Du entdeckst schöne alte Häuser, eine Kirche und sogar ein Stück Schloss – die Hofburg. Mehr über sie erfährst du in R 3. Die Eisgrotte – man sagt mit dem bestem Eis der Stadt – hast du sicher schon gesehen ...

Ein Stück Stadtmauer

Gleich nach der Hofburg biegt die Herrengasse ab. Früher befand sich auch hier eine Stadtmauer. Den Beweis dazu liefert das Haus Nummer 10 in der Herzog-Otto-Straße. Hier kannst du einen freigelegten Teil der alten Mauer entdecken. Hinter dem Verputz vieler Häuser, an denen du gerade vorbeigegangen bist, verstecken sich übrigens weitere Reste.

In dieser Straße gab es einmal das kleinste Tor in der Stadtmauer. Durch das »Tränktörl« wurden damals alle Tiere, die in der Stadt lebten, zum Inn geführt, damit sie Wasser trinken konnten.

2. Der Kaiser mit der großen Nase

Maximilian I. und seine Residenz

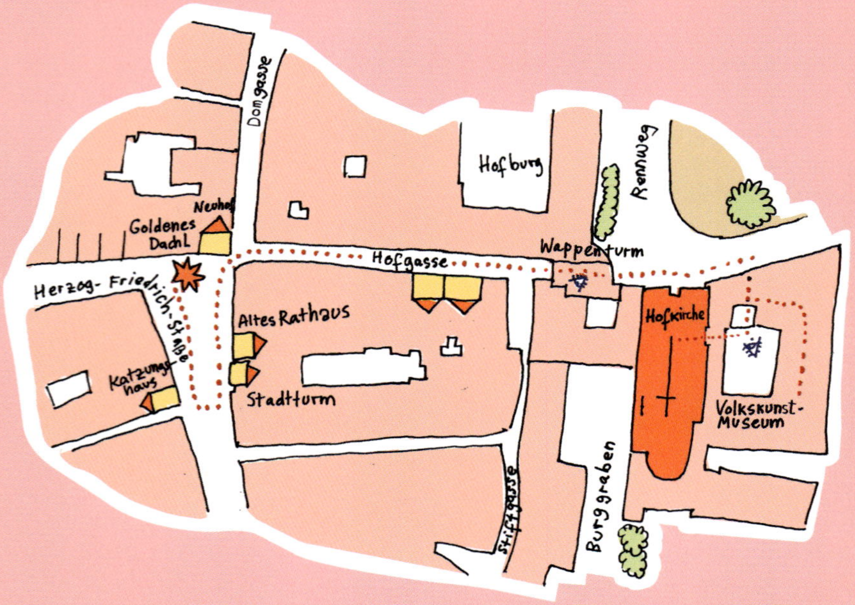

Ausgangspunkt: Goldenes Dachl

Das berühmteste Dach von Innsbruck
ist eigentlich recht klein. Es bedeckt kein Haus oder ein prächtiges Schloss, sondern nur einen Vorbau. Aber dieser Vorbau hat es in sich, genauso wie das Dach mit seinen vergoldeten Schindeln. Zusammen sind sie nämlich weltbekannt. Und so stehst du sicher nicht alleine vor dem Goldenen Dachl, um es zu bestaunen.

Die erste Reklametafel der Welt!
Erbaut hat das Goldene Dachl Kaiser Maximilian I. Er hat natürlich nicht selbst gemauert oder gar die Bilder in Stein gehauen. Dafür hatte er Hofkünstler. Einer davon – Niklas Türing – erschuf hier für den Kaiser Großes: So zeigte er mit den goldenen Schindeln, wie reich Maximilian war.

Als besonders kunstsinnig und modern wollte der Kaiser auch gesehen werden – deshalb die Gemälde und die Reliefs mit den Tänzern. Man nennt sie Moriskentänzer und sie waren damals total in. Wie Hip-Hopper zeigen sie die abenteuerlichsten Verrenkungen.

Relief ist der Fachausdruck für solche in Stein gehauenen Bilder. Such dir doch zwei Tänzer aus und zeichne sie in den Rahmen!

Zwei Frauen – gleichzeitig?
Gleich dreimal ist Maximilian auf dem Erker zu sehen. Einmal gemalt und zweimal aus Stein. Schau dir das Relief mit dem Kaiser und seinen zwei Frauen genauer an. Seine erste Frau – Maria von Burgund – trägt eine Haube auf dem Kopf. Sie starb leider sehr jung, nach einem Reitunfall.

Er war ein guter Freund des Kaisers und sein Hofnarr. In einer Zeit, in der niemand dem Kaiser widersprechen durfte, war er der Einzige, bei dem sich der Kaiser ehrlichen Rat holen konnte. Alle anderen schmeichelten nur und lobten ihn als besten und weisesten Herrscher der Welt – auch wenn er gerade dabei war, eine große Dummheit zu machen. Der Hofnarr sagte einfach die Wahrheit und wenn es Maximilian nicht gefiel, dann war es eben ein Scherz.

Der Kaiser soll sie sehr geliebt haben. So viel Glück hatte seine zweite Frau nicht. Bianca Maria Sforza bekam Maximilian kaum zu sehen. Sogar bei ihrer eigenen Hochzeit ließ er sich von einem anderen vertreten. So etwas kann sich auch nur ein Kaiser erlauben! Nebenbei bemerkt: Bianca Maria hält einen Apfel in der Hand. Der Apfel war für den besten Tänzer bestimmt.

Im Museum Goldenes Dachl kannst du noch viel mehr über den Kaiser und seine Zeit erfahren.

Was nur wenige wissen: Die Reliefs auf dem Dachl sind nicht echt! Die Originale wurden schon vor vielen Jahren ins Tiroler Landesmuseum gebracht und durch Kopien ersetzt. Kennst du den Grund? Geklaut können sie jedenfalls nicht werden, dazu sind sie viel zu gut eingemauert.

Nur ein Scherz!

Die nächste Tafel zeigt den Kaiser und zwei Männer. Einer davon trägt eine Kappe wie ein Kasperl und hat einen lustigen Namen: Kunz von der Rosen.

Taschen voller Geld?

Das große Gebäude hinter dem Goldenen Dachl nennt man Neuhof. Nicht Maximilian hat es bauen lassen, sondern sein Vorgänger, Friedrich IV. Noch heute nennt man ihn Friedl mit der leeren Tasche – hat er doch so viel Geld für die Verschönerung Innsbrucks ausgegeben, dass er am Ende keines mehr hatte.

Ein Platz ohne Namen

Auch wenn das Straßenschild behauptet, dass du in der Herzog-Friedrich-Straße bist, so stehst du eigentlich auf dem alten Stadtplatz. Der Kaiser und seine Familie konnten den ganzen Platz gut vom Balkon aus beobachten. Das machte ihnen besonders viel Spaß, wenn Markt war oder Ritterturniere stattfanden. Die Darstellung eines Turniers, bei dem ein Ritter gegen einen anderen Ritter kämpft, findest du am Katzunghaus.

Mit Mäusen fangenden Katzen hat das Haus gar nichts zu tun. Dafür mit Naschkatzen. Es trägt seinen Namen nach Herrn Katzung, der hier vor rund 200 Jahren ein Café eröffnete. Das Café gibt es heute noch und die Torten schmecken so gut wie damals.

Letzter Ritter und erster Kanonier

wird Maximilian genannt – nicht, weil der Kaiser alle anderen Ritter überlebt hätte. In seiner Zeit wurde das Schießpulver entdeckt und die Art, Krieg zu führen, veränderte sich. Statt Mann gegen Mann begann man in großen Heeren zu kämpfen und mit Kanonen zu schießen. Um all die Waffen zu lagern, ließ Maximilian das Zeughaus errichten. Damals weit weg von der Stadt, mitten auf einer grünen Wiese. Denn sollte das dort gelagerte Pulver Feuer fangen und explodieren, war zumindest das Goldene Dachl in Sicherheit.

Die Burg

Wenn du die Hofgasse entlanggehst, kommst du bald zu den großen weißen Mauern der Hofburg. Zu Zeiten Maximilians sah es hier natürlich noch ganz anders aus. Du kannst dir sicher eine richtige Ritterburg mit Zinnen und kleinen Türmen vorstellen, oder? Wenn ja, dann weißt du, wie die Burg Kaiser Maximilians ausgesehen hat.

Gar nicht lustig …

Gleich neben dem Burgriesenhaus triffst du auf eine kleine Figur. Der Hofzwerg Thomele musste die fürstliche Gesellschaft mit Tänzen, Grimassen und Witzen zum Lachen bringen. Gelang es ihm nicht, wurde er getreten und geohrfeigt.

Deine Freunde haben den Flüsterbogen am Burgriesenhaus Nummer 12 entdeckt. Flüstere doch auch ein paar Worte in eine der gemauerten Rippen, dann kann man sie auf der anderen Seite gut hören!

Alles seins!

Den Wappenturm – ein altes Stadttor – gibt es auch nicht mehr. Nur der Durchgang erinnert noch ein wenig daran, dass hier einmal ein mächtiger Turm stand. Er war über und über mit Wappen bemalt. Wenn du ein wenig suchst, findest du eine alte Ansicht vom Turm. Du staunst sicher, wie viele Wappen zu sehen sind – sie alle stehen für Länder im Besitz Maximilians. Sein Reich war riesig.

Das Hauswappen des Kaisers zeigt einen Adler mit zwei Köpfen. Mal dir doch dein eigenes! Was passt zu deinem Namen?

Nasenalarm

Im Durchgang findest du noch ein Wandbild. Es zeigt den Kaiser, wie er von drei Mädchen in Innsbruck willkommen geheißen wird. Maximilian erkennst du sofort – kein Wunder bei der besonderen Nase.

Schwarze Mander

und auch Frauen warten in der Hofkirche auf dich. Groß und schwarz begleiten sie den Kaiser auf seinem letzten Weg. Er selbst kniet oben auf einem beeindruckenden Sarg. Doch dieser ist leer. Maximilian starb nämlich noch bevor sein Grabmal fertig war und wurde in Wiener Neustadt begraben. Erst sein Enkelsohn sammelte alle fertigen Statuen zusammen und baute für sie eine Kirche. Die Figuren haben ihre besten Kleider an und sehen prächtig aus – nicht nur von vorne, auch von hinten! Auf Schildern kannst du lesen, wie sie heißen. Hier triffst du Maria von Burgund wieder und auch König Artus von der Tafelrunde.

Die 28 Statuen wurden aus Bronze – das ist eine Mischung aus Kupfer und Zinn – gegossen. Wie viele von ihnen haben ein Buch in der Hand?

Auch echte Grabmäler

findest du in der Hofkirche. Das Grab des Tiroler Freiheitskämpfers Andreas Hofer zum Beispiel, der im Gegensatz zu Maximilian wirklich hier begraben ist. Einen Stock höher – in der Silbernen Kapelle – liegen die Besitzer von Schloss Ambras: Erzherzog Ferdinand und seine Philippine Welser. Die kleine Treppe führt übrigens zu einem Gang, der die Hofkirche mit der Hofburg verbindet. Nur leider ist die Tür immer abgeschlossen.

Ein freundlicher Riese

Um die Kirche kümmerten sich früher Mönche. Sie wohnten im Gebäude, in dem heute das Volkskunstmuseum untergebracht ist. Bevor du das Museum besuchst, solltest du im quadratischen Innenhof schnell die große Holzfigur begrüßen.

Drück ihm einfach auf den Gürtel und er grüßt zurück!

Tolle Stuben

Im Volkskunstmuseum gibt es nur Dinge zu sehen, die von Tirolern gemacht wurden. Besonders schön sind die Stuben ganz aus Holz. Um sie vor der Zerstörung zu retten, wurden sie Stück für Stück aus alten Häusern ausgebaut und hier ins Museum gebracht.

Der Vogel versucht es dem berühmten Vogel Selbsterkenntnis nachzumachen und zwickt sich selbst in die Nase. Diese alte Darstellung aus dem Museum bedeutet: Misch dich nicht in Dinge ein, die dich nichts angehen!

Noch eine kaiserliche Geschichte

Du weißt ja noch, dass Maximilian so gern und so oft in Innsbruck war, um in der Umgebung zu fischen und zu jagen.

Als er eines Tages auf der Martinswand einer Gämse nachstieg, blieb er stecken. Weder zurück noch nach vorn konnte er und musste so in einer kleinen Felshöhle auf Rettung warten. Ein Bauernjunge soll ihm wieder ins Tal geholfen haben. Oder war es doch ein Engel?

Bereit für ein Kaiser-Quiz? Die richtige Lösung verrät dir den Nachnamen Maximilians.

Von oben nach unten:

1. *Anderes Wort für Waffenlager*
2. *Preis für den besten Tänzer*
3. *Bau mit Zinnen und Türmen*
4. *Kaiserliche Jagdbeute*
5. *Material für Statuen*
6. *Wettkampf in Rüstung*
7. *Vorname von beiden Kaiserinnen*
8. *Retter aus der Not*

3. Sechzehn Kinder und andere Heilige

Rund um Hofburg und Dom

Ausgangspunkt: Hofburg
Haltestelle des Sightseeing-Busses TS (The Sightseer)
(Hop-on Hop-off City Bus Tour; eigener Tarif)
Haltestelle: Congress/Hofburg

Keine zugige Burg mehr

Eigentlich lebte und arbeitete Kaiserin Maria Theresia in Wien. Doch auch in Innsbruck wollte sie gerne ein Schloss haben, in dem sie mit ihrer Familie, ihren Dienern und Beratern wohnen und regieren konnte. Die alte Burg gefiel ihr nicht, also wurde sie umgebaut und vergrößert. Was du heute siehst, traf genau den Geschmack der Kaiserin.

Der Vogel hat an den Mauern des Schlosses eine Blume entdeckt. Sie ist weiß und wächst nur hoch oben in den Bergen. Kennst du ihren Namen?

Warum Hofburg?

Das Schloss hat viele Innenhöfe. Doch Achtung: Das ist nicht der Grund, warum es Hofburg heißt. »Hof« war früher ein Wort für Kaiser und Familie samt Dienerschaft um sie herum. Nur das kaiserliche Schloss kann also eine Hofburg sein. Wie viele Innenhöfe ein Haus hat, ist dabei völlig egal.

Der Riesensaal

ist der größte und auch prächtigste Raum im ganzen Schloss. Nur Riesen sucht man hier vergeblich. Dafür kann man die große Familie der Kaiserin kennenlernen. Von all ihren 16 Kindern gibt es hier Bilder. Sie sehen einander wirklich ähnlich und fast alle haben weiße Haare. Nur ein Sohn der Kaiserin – Joseph, der später selbst Kaiser wurde – trägt keine Perücke. Er fand die gepuderten Dinger wohl nicht nur unbequem, sondern auch altmodisch.

16 Kinder! Das ist wirklich viel! Vielleicht kam Maria Theresia deshalb auf die Idee, die Schulpflicht einzuführen …

Die schwarze Frau

Oft war Maria Theresia allerdings nicht in Innsbruck. Vielleicht hatte das auch damit zu tun, dass ihr Mann hier in der Hofburg verstarb. Darüber war sie sehr traurig und trug von diesem Tag an nur noch schwarze Kleider. Sein Sterbezimmer ist heute eine Kapelle.

Etwas in der Kapelle erinnert noch daran, dass es einmal ein ganz normales Zimmer war. Was könnte das sein?

Seltener Besuch

Ebenso selten besuchte viel später Kaiserin Elisabeth Innsbruck. Sie machte nur viermal auf ihren langen Reisen in den Süden hier Pause. Trotzdem wurde wieder renoviert und man richtete besonders schöne Zimmer ein. Jeder dieser Räume hat eine eigene Farbe. Das rosa Eckzimmer war ein Schönheitssalon: Hier kämmte eine Zofe das lange Haar der Kaiserin bis es glänzte. Auf ihr Haar war Sisi sehr stolz.

Hier passen Heilige gut auf

Direkt neben der Hofburg steht die wichtigste Kirche von ganz Tirol – der Dom. Nicht umsonst also wird der große Eingang mit den drei Türen von Tiroler Heiligen bewacht. Die heilige Nothburga ist gut bewaffnet – sie hält eine Sichel in der Hand. Romedius erkennst du auch gleich: Er wird von einem Bären begleitet.

Viel Gold

und viele Malereien siehst du, wenn du in die Kirche hineingehst. Es gibt hier auch eine besondere Orgel und eine vergoldete Kanzel. Heute noch wird an bestimmten Tagen von dort oben gepredigt. Drei Engel halten den kleinen Vorbau. Jeder davon hat eine Bedeutung.

Der Engel mit dem Kreuz steht für den Glauben, der Engel mit dem Anker für die Hoffnung und jener, der auf sein Herz zeigt, für … ?

Mariahilf

Die eigentliche Attraktion der Kirche aber ist ein ganz kleines Bild. Siehst du es? Es ist vorn am Altar eingebaut und in der ganzen Stadt und weit darüber hinaus bekannt.

Es zeigt Maria mit dem Jesuskind und ist von dem berühmten Maler Lucas Cranach dem Älteren gemalt worden. Seit es hier in der Kirche hängt, wird es von vielen Menschen besucht und angebetet. So bittet man um die Hilfe der heiligen Maria. Damit sie das Haus und alle die darin wohnen beschützt, findet man Kopien dieses Bildes – wie du ja schon bemerkt hast – an vielen Häuserwänden in der Stadt.

Ein Geheimgang!

Hoch über dem Altar kann man in schönen Logen sitzen. Doch nur dann, wenn man eine Kaiserin oder ein Kaiser ist. Durch einen geheimen Gang gelangten die Herrschaften von der Hofburg dorthin. So machte es auch nichts aus, ob es draußen regnete oder schneite, sie wurden nie nass. Den kleinen Verbindungsgang kannst du übrigens gut von draußen sehen.

Vögel, Schnecken und Heuhüpfer

Noch ein Kunstwerk gibt es im vorderen Teil der Kirche. Eigentlich ist es das Grab von Erzherzog Maximilian III., der zusammen mit dem heiligen Georg auf der Überdachung kniet. Der Drache, den dieser mit der Lanze durchbohrte, ist auch dabei.

Wie schade, der Vogel muss vor der Kirche warten und kann die vielen Tiere zwischen dem Weinlaub nicht sehen. Zeichne doch ein paar davon zwischen die Blätter!

Besonders daran sind aber die Säulen – gedreht und reich verziert und aus Bronze gegossen. Eine echte Meisterleistung, sagen noch heute die Experten.

Ganz schön praktisch,

dass die Kaiserin nicht über den Domplatz zurück zur Hofburg gehen musste. So hast nur du die Qual der Wahl: Gehst du rechts um den Dom oder doch links herum? Ganz egal wie du dich auch entscheidest, musst du dann durch einen Bogen gehen, um zurück zur Straßenseite der Hofburg zu kommen.

Ein neuer Tempel?

Gleich nebenan wird schon bald ein neues Haus stehen. Es soll ein Haus der Musik werden. Vielleicht erkennst du an der Baustelle bereits, wie es aussehen wird. Oder ist es gar schon fertig?

Bitte nicht rennen!

Das wäre auf dem Rennweg gefährlich. Heute fahren hier nämlich Busse, Autos und Fahrräder um die Wette. Früher wurden auf dieser Straße vor der Hofburg Turniere und Pferderennen ausgetragen. Daher also der Name.

Kein Tempel,

sondern das Landestheater steht auf der anderen Straßenseite. Und doch sieht es wie ein griechischer Tempel aus! Die Erklärung ist ganz einfach: Die Schauspielerei soll ja im antiken Griechenland erfunden worden sein. Daran wollte man erinnern, indem man das Theater ganz altmodisch wie ein griechisches Bauwerk gestaltete.

Ein Reiter namens Leopold

gibt dem Brunnen seinen Namen. Stolz zeigt er uns, was sein Pferd alles kann. Sehr stolz soll auch der Bronzegießer gewesen sein. Eine so große Figur zu machen, die nur auf zwei dünnen Beinen steht, ist unglaublich schwierig. Man erzählt, dass er der Erste war, dem dies gelang.

In Maria Theresias Garten

kannst auch du spazieren gehen. Faszinierenderweise gibt es im Hofgarten tatsächlich noch Pflanzen, die von der Kaiserin selbst gepflanzt wurden. Leicht zu finden sind sie allerdings nicht zwischen all den schönen Bäumen, Sträuchern und Blumen. Einfacher ist es dann schon, den Teich zu suchen oder die großen Schachspiele rund um das kleine Häuschen in der Mitte des Parks. Ein Palmenhaus mit vielen exotischen Gewächsen gibt es auch. Genauso wie einen Spielplatz!

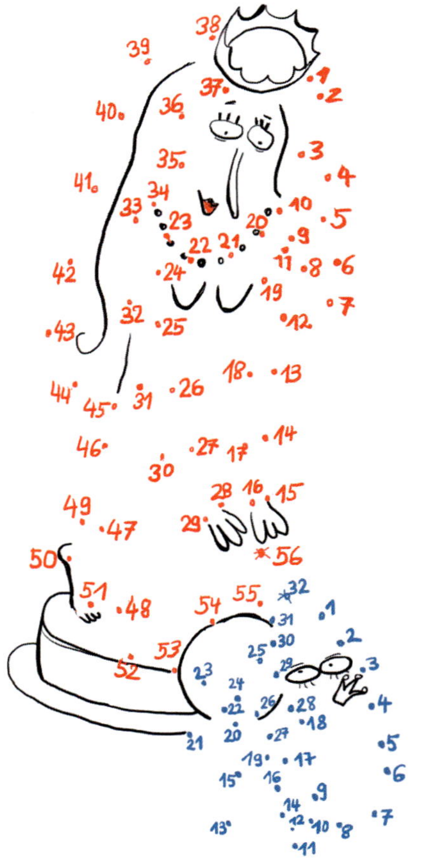

Es gibt ein Märchen, in dem ein Brunnen wichtig ist. Suche den Märchenbrunnen im Hofgarten und du weißt, um welches Märchen es sich handelt!
Wenn du die Zahlen richtig verbindest, weißt du, ob du den richtigen Brunnen gefunden hast.

Ein Käfig voller Unkraut

Zwischen dem Hofgarten und dem Landestheater führt ein kleiner Weg zu einem großen Käfig. Der Tiroler Künstler Lois Weinberger hat ihn aufgestellt. Hier sollen alle Pflanzen, die sonst ausgerupft und weggeworfen werden, wachsen dürfen. Das große, moderne Gebäude aus Glas interessiert dich vielleicht auch. Es ist eines der vielen Häuser der Universität Innsbruck.

Die Kirche mit den drei Namen

Zurück auf der Straße kommst du zu einer Kirche. Manche nennen sie Jesuitenkirche, nach ihren Erbauern. Andere Dreifaltigkeitskirche, nach den Taufpaten der Kirche. Oder sagst du doch lieber Universitätskirche zu ihr?

Vielleicht ist ja Universitätskirche am besten. Erinnert dieser Name doch daran, dass hier 1669 die Universität Innsbruck gegründet wurde. Die Straße, in der du stehst, heißt ja auch nicht umsonst Universitätsstraße.

4. Ein Ehrenbogen und ein Alpenforscher

Entlang der Maria-Theresien-Straße

Ausgangspunkt: Maria-Theresien-Straße/Ecke Burggraben
Haltestelle Maria-Theresien-Straße
Buslinien A, C, M, O, J
Straßenbahnlinie 1 + Stubaitalbahn
Sightseeing-Bus (The Sightseer)

Ganz nah bei der Kaiserin

wollten die reichen Familien Tirols sein und bauten sich große Stadthäuser. Fast alle dieser Palais stehen in der Maria-Theresien-Straße. Bewohnt werden diese Häuser heute meist nicht mehr von den Familien von damals. Aber sie tragen immer noch deren Namen. So findet man zum Beispiel im Taxispalais keine Taxis. Heute nicht und früher schon gar nicht. Obwohl: Das Gebäude wurde nach den Grafen Thurn und Taxis benannt. Sie waren berühmt wegen ihrer vielen Kutschen, mit denen sie die Post durch ganz Europa lieferten. Hätten sie damals schon Taxis gehabt, wäre das viel schneller gegangen.

Wer zieht in das Haus ein? Der Edelmann, die Kinder oder der Vogel?

Die falsche Anna

Ein Denkmal steht mitten in der Straße. Es erinnert an einen gewonnenen Krieg. Als die letzten Feinde am Namenstag der heiligen Anna, am 26. Juli 1703, Tirol verließen, wurde ihr zum Dank die Annasäule errichtet. Ganz oben sucht man Anna aber vergeblich. Stattdessen steht da ihre Tochter Maria. Anna selbst findest du bei den vier Figuren weiter unten. Sie hat die Hände zum Gebet gefaltet.

Trotz Rüstung schwer zu finden

Bei all dem geschäftigen Treiben in der Straße kann es passieren, dass man sogar Ritter übersieht. Hast du sie eigentlich schon entdeckt? Sie stehen im ersten Stock des Hauses Nummer 16 und haben prächtige Rüstungen an.

Auf dem Haus steht doch tatsächlich »Insprugg«, also »Innsbruck« falsch geschrieben. Aber das war früher ganz normal, denn jeder durfte schreiben wie er wollte. Später einigte man sich auf Rechtschreibregeln.

Das versteckte Rathaus

Das Innsbrucker Rathaus verbirgt sich in einem Einkaufszentrum. Der bekannte französische Architekt Dominique Perrault hat es wie in einen gläsernen Mantel gehüllt. Wenn die Sonne scheint, werfen Glasscheiben bunte Rechtecke auf den Boden.

Mit dem Aufzug kommst du ins letzte Geschoß des Rathauses. Von dort hast du einen schönen Blick auf die Dächer der Stadt und außerdem sieht man die vielen verschlungenen Rohre besser. Sie sind das Markenzeichen des Künstlers Peter Kogler. Magst du sie weiterzeichnen?

Über Stock und Stein

Nach den Rathausgalerien kommst du zum Adolf-Pichler-Platz. Adolf Pichler steht etwas müde auf einem hohen Sockel. Seinen Hut hat er abgenommen und in der Hand hält er einen Pickel. Den brauchte er, um im ganzen Land nach besonderen Gesteinen zu suchen. Gefunden hat er dabei auch ganz alte Knochen. Sie stammen von einem Höhlenbär, der sogar noch die letzte Eiszeit gesehen hat.

Mit Maß und Ziel

Zurück zur Hauptstraße geht es durch die Anichstraße. Über Peter Anich gibt es viel zu berichten: Er hat als Erster genaue Landkarten von Tirol erstellt und dafür das ganze Land vermessen. Nur an seine Tür hat er nicht gedacht. Als er nämlich einen großen Globus aus seiner Werkstatt zur Kaiserin in die Hofburg liefern wollte, war die Tür zu klein.

Ein großes Loch in seiner Hauswand war die Folge, und die Menschen im Dorf verspotteten ihn.

Die Globen von Peter Anich und den Höhlenbär kannst du übrigens im Museum im Zeughaus bewundern.

Ein Kaufhaus

Was wurde gestritten über das Aussehen des großen »Kaufhaus Tyrol«. Und noch heute scheiden sich darüber die Geister. Die einen finden es schön, die anderen fürchterlich. Was meinst du: Darf man in eine so schöne alte Straße ein modernes Gebäude bauen?

Ein Landhaus in der Stadt!

An der Ecke wo sich die Meraner Straße mit der breiteren Maria-Theresien-Straße trifft, steht ein prunkvolles Gebäude. Doch warum heißt dieses Gebäude Landhaus, wenn es doch mitten in der Stadt steht? Weil hier der Landtag, das Tiroler Parlament, die Landesregierung und viele Landesbeamte arbeiten.

Freud und Leid

liegen manchmal ganz nah beieinander. So wie ganz am Ende der Straße. Als nämlich am großen Triumphbogen gebaut wurde, freute sich noch ganz Innsbruck auf die bevorstehende Hochzeit eines österreichischen Prinzen mit einer spanischen Prinzessin.
Doch dann starb plötzlich der Vater des Bräutigams und es wurde umgeplant: So erinnert nun eine Seite des Bogens an das freudige Ereignis der Hochzeit und die andere an den Tod.

Der Verstorbene war Kaiser und hieß Franz Stephan. Nach seinem Sohn Leopold ist die Straße benannt, die hinter der Triumphpforte beginnt. Wer die berühmte Frau des Kaisers war, ist nicht schwer zu erraten. Oder?

Wenn Affen tanzen

Es war einmal ein ganz einfaches Haus dicht bei der Triumphpforte. Es gehörte einem Herrn Winkler, und weil er es gerne bunt wollte, beauftragte er einen Architekten, es zu verschönern. Jugendstil nennt man diese Art der Verzierungen. Viele Muster, Früchte, Bäume, Vögel und auch kleine Affen geben dem Haus ein ganz neues Gesicht.

Kaum zu glauben

Nicht weit von hier steht das erste Hochhaus von Innsbruck. Heute ist es nicht viel größer als die umliegenden Gebäude. Mein Haus bekommt viele Fenster, aber ja keinen Schmuck an der Wand, dachte sich vielleicht der Architekt Lois Welzenbacher, nachdem er das Winklerhaus gegenüber gesehen hatte.

Wie sieht dein Traumhaus aus?

Vier Plätze später

und du stehst wieder in der Maria-Theresien-Straße. Zuerst kannst du auf dem Landhausplatz Skatern bei ihren Kunststücken zusehen. Dieser Platz hat einen Spitznamen: Landhausplatz sagt man zu ihm, weil er an das Landhaus grenzt. Offiziell heißt er aber Eduard-Wallnöfer-Platz. Eduard Wallnöfer war über viele Jahre Landeshauptmann von Tirol. Man erzählt sich, er habe mit jedem seiner Besucher einen Begrüßungsschnaps getrunken. Ganz nach altem Tiroler Brauch! Nach ein paar Sitzungen hatte er es dann sicher recht lustig …

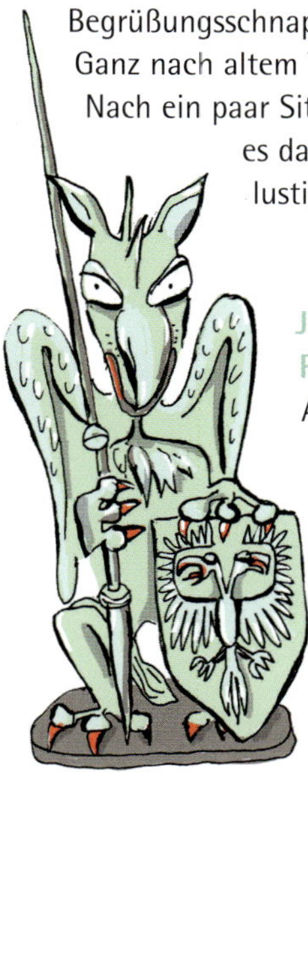

Jetzt noch drei Plätze

Am Boznerplatz gibt es einen Brunnen mit Greif zu entdecken. Der jüngste Platz in der Stadt nennt sich Stadtforum und war bis vor Kurzem die Gilmstraße. Die Volksschule dort ist auch keine Schule mehr, nur die schöne Uhr mit der großen Sonne zeigt immer noch die Zeit an. Am Sparkassenplatz gibt es ein Haus, über dessen Fassade Sträucher wachsen und vor dem man im Winter eislaufen kann.

Hast du die leuchtenden Punkte im Durchgang zur Maria-Theresien-Straße entdeckt? Ein Computerprogramm berechnet hier die Sonnenstunden in der Stadt und übersetzt diese Informationen in immer andersfärbige Punkte. Ob man diese Farbsprache lernen kann wie Englisch oder Französisch?

5. Wo Menschen fliegen und Riesen wohnen

Vom Bergisel zu den Wiltener Kirchen

Ausgangspunkt: Bergisel
Haltestelle Bergisel/Tirol Panorama
Straßenbahnlinie 1 + 6
Sightseeing-Bus (The Sightseer)

machte, dass ein Denkmal für ihn errichtet wurde, hast du bereits erfahren (siehe Geschichte), du kannst es dir später auch auf dem Riesenrundgemälde noch einmal ansehen. Aber schau dir Herrn Hofer vorher noch genauer an, damit du ihn dort auch wiedererkennst! Er hat einen langen Bart und sieht ernst und grimmig aus.

So unfreundlich ist Andreas Hofer dann auch wieder nicht, denkt sich der Vogel und setzt sich auf seinen Arm. Wenn du magst, kannst du noch mehr Vögel dazuzeichnen …

Nur ein Hügel?

Kein Berg und doch die berühmteste Anhöhe rund um Innsbruck – das ist der Bergisel. Hier kann man wohnen oder spazieren gehen. Hier wurde mehrmals gekämpft – um das Land, aber auch um Medaillen. Und Museen gibt es auch.

Kein Skifahrer,

sondern ein echter Tiroler steht in der Mitte des Platzes. Er ist aus Bronze gegossen und hält eine große Fahne in der Hand. Seine Kleidung ist typisch für das Tal, in dem er geboren wurde. Solche Hosen und Jacken und solch einen großen Hut trugen früher nur die Bewohner des Passeiertals in Südtirol. Du hast sicher schon längst erraten, dass es sich bei der Statue um Andreas Hofer handelt. Was ihn so berühmt

Das Riesenrundgemälde

zeigt keine Riesen, sondern eine Schlacht. Andreas Hofer war in dieser Schlacht besonders wichtig. Er ist der Anführer der Tiroler Schützen, die tapfer gegen viel zu viele französischen Soldaten kämpfen. Gerade noch können Andreas Hofer und seine Männer diesen Kampf um ein freies Tirol gewinnen. Doch die letzte Schlacht werden sie verlieren. Übrigens: Als es noch kein Kino und keine Fernseher gab, waren Riesenrundgemälde, die man Panorama nennt, sehr beliebt. Viele davon gingen sogar auf Reisen, damit sie von möglichst vielen Menschen bestaunt werden konnten. Das Innsbrucker Panorama schaffte es bis nach London!

Brennende Berge

gibt es in Tirol – aber nur einmal im Jahr. Immer am dritten Sonntag nach Pfingsten leuchten Feuer – meist in Form eines Herzes oder eines Kreuzes – von den Bergen. Sie erinnern an die Kämpfe und an ein Versprechen der Tiroler: Sollten sie nämlich das übermächtige französische Heer in die Flucht schlagen, dann wollten sie zum Dank mit Bergfeuer an die Hilfe Jesu erinnern.

Achtung! – Fertig? – Feuer frei!

Immer im Mai wird auf dem Bergisel noch geschossen. Zum Glück nur auf Schießscheiben. Der beste Schütze bekommt diese dann als Preis. Du erkennst die Regimentsschießstätte an den kleinen Häuschen hinter dem Denkmal. Und noch zwei weitere Gebäude erinnern an die Zeit, als die Kaiserjäger auf dem Bergisel zu Hause waren. Im Urichshaus speisten damals die Offiziere dieser besten Militärtruppe des österreichischen Kaisers, und das Tiroler Kaiserjägermuseum war immer schon ein Museum. Es zeigt Erinnerungsstücke aus den Feldzügen.

Stadt des Sports

Wusstest du, dass in der großen Feuerschale bereits zweimal das Olympische Feuer brannte? 1964 und 1976 war Innsbruck Austragungsort für

Olympische Winterspiele. Auch wenn das schon einige Jahre her ist, erinnern die bunten Ringe immer noch an die Tage, als hier Gold, Silber und Bronze an die besten Sportler vergeben wurden. Auch viele Sportstätten in der Stadt und in der Umgebung stammen aus dieser Zeit: das Eisstadion, die Bob- und Rodelbahn in Igls und die Sprungschanze – alle modernisiert und auf dem neuesten Stand der Technik.

Wie eine große Schlange

erhebt sich die Sprungschanze aus dem grün bewaldeten Hügel. Das neue Wahrzeichen der Stadt wurde von einer sehr berühmten Architektin gebaut. Ihr Name ist Zaha Hadid. Sie hat ein sehr schönes Bauwerk entworfen. Das finden übrigens nicht nur die Sportler, sondern auch alle anderen Besucher. Vom Restaurant ganz oben genießt man nämlich eine tolle Aussicht auf die Stadt.

Die fünf olympischen Ringe stehen für die fünf Kontinente. Von links nach rechts haben sie die Farben Blau, ...

Genau 455 Stufen sind es bis nach ganz oben auf der Schanze. Schneller ist man mit dem Aufzug, so kommt man ohne Schnaufen bis zur Aussichtsterrasse. Nachts leuchtet die Sprungschanze in wechselnden Farben – dann gleicht sie noch mehr einer großen Schlange.

Gehüpft und gesprungen

wird hier also nicht nur vor Freude. Die besten Skispringer fliegen auf der Bergisel-Schanze um den Sieg oder trainieren für den nächsten Wettkampf. Das klappt übrigens mit Hilfe von speziellen Matten zu jeder Jahreszeit. Mit ein wenig Glück kannst du also auch im Sommer den Sportlern bei der Arbeit zusehen.

Der Vogel will auch einmal einen Sprung probieren, doch als er den Friedhof zu seinen Füßen sieht, überlegt er es sich ganz schnell anders ...

Hinter dem Friedhof

Zwei Kirchen befinden sich am Fuße des Bergisels. Die größere gehört zum Kloster Wilten. Die kleinere – auch Basilika Wilten genannt – ist außen gelb und weiß bemalt. Im Inneren findest du alle Farben dieser Welt. Bei den beeindruckenden Deckenbildern ist es fast so, als würde sich das Kirchendach öffnen und du könntest direkt in den Himmel blicken.

Keine falschen Töne

Auf dem Weg zur Stiftskirche kommst du bei einem besonderen Haus vorbei. Es ist eines der ältesten und schönsten in der ganzen Stadt. Hier im Leuthaus sorgten früher Richter für Recht und Ordnung. Heute proben an dieser Stelle die Wiltener Sängerknaben für ihren nächsten großen Auftritt.

Die Sängerknaben singen gerade:
»Der Kuckuck und der Esel,
die hatten einen Streit,
wer wohl am besten sänge,
wer wohl ...«
Wie geht es weiter?

Endlich Riesen!

Beim Eingang zur Stiftskirche triffst du auf zwei waschechte Riesen. Haymon und Thyrsus hatten einen fürchterlichen Streit, erzählt die Sage. Du erkennst die Riesen leicht: Haymon siegte mit seinem Schwert, während Thyrsus nur einen Baumstamm zur Verteidigung hatte und starb. Der Tod des Rivalen tat Haymon später sehr leid. So leid, dass er das Kloster in Wilten gründete und bis zu seinem Tod hier lebte. Erst aber musste er noch den Sillschlucht-Drachen erledigen, der den Bau immer wieder zerstören wollte. Haymon mit der Drachenzunge findest du hinter der großen Eingangstür.

Ob die Geschichte wohl stimmt? Riesig groß ist das Kloster ja. Aber: Gibt es überhaupt Riesen? Ein Abt glaubte fest daran und ließ im 17. Jahrhundert nach den Riesenknochen graben. Leider ohne Erfolg. Das Einzige, was er damit erreichte, war der Einsturz des Glockenturms.

Wirklich altes Gemäuer

Gleich hinter dem Kloster wurden uralte Mauern entdeckt. Sie stammen vom römischen Militärlager Veldidena. Als die Römer für immer nach Rom zurückkehrten, wurde es abgerissen. Nur die Grundmauern blieben und so manchen Stein kann man eingebaut in den umliegenden Häusern finden. Der Name Veldidena versteckt sich außerdem im heutigen Stadtteilnamen Wilten.

Die Geburtsurkunde von Innsbruck

Erinnerst du dich an die Gründungsgeschichte von Innsbruck? (Siehe Geschichte.) Das Kloster spielte dabei ja eine ganz wichtige Rolle. Der Tauschvertrag, mit dem das Kloster damals die Grundstücke an die Grafen von Andechs übertragen hat, ist verloren gegangen. Aber vielleicht steckt er ja doch noch irgendwo in der schönen Klosterbibliothek.

Im Laufe der Zeit wurde aus Veldidena – Veldena – Vildena – Wilten.
Welche Ortsnamen der römischen Provinz Rätien verbergen sich wohl hinter:
Matreium
Inutrim
Augusta Vindelicorum

Wasserspeiende Drachen

– gibt es denn so was? Ja, zum Beispiel hier auf dem Kirchturm. Wenn es regnet, speien sie nicht Feuer, sondern Regenwasser!

Eine Zwiebel, die in den Himmel wächst

Auf den Turm, dessen Spitze aussieht wie eine Zwiebel, ist das Kloster sehr stolz. Viele Kirchen in Tirol wollten genau so einen und haben ihn einfach nachgebaut.
Und dann läuten auch noch elf Glocken vom Turm. Fast alle sind jünger als 50 Jahre, denn die Originale wurden während des Zweiten Weltkriegs eingeschmolzen und zu Waffen verarbeitet. Die alten wie auch die neuen Glocken sind nicht weit von hier in der Glockengießerei Grassmayr hergestellt worden. Wie man eine Glocke gießt, kannst du dir im dortigen Glockenmuseum ansehen.

Da wo Köpfe rollen ...

Jetzt hast du vielleicht Durst bekommen. Keine Sorge: Im Bierstindl gibt es nicht nur Bier zu trinken! Das alte Gasthaus hält auch einen österreichischen Rekord: Nirgendwo wurde öfter ein Theaterstück gespielt als hier »Der schurkische Kuno von Drachenfels«. Und weil es dem Publikum so gut gefällt, verliert der schreckliche Kuno immer wieder und mehrmals pro Aufführung seinen Kopf.

6. Steinböcke und andere Gipfelstürmer

Hungerburg und Nordkette

Ausgangspunkt: Hungerburgbahn – Station Congress

Wenn du hoch hinaus willst

oder wissen möchtest, wie Steinadler aussehen, dann solltest du mit der Hungerburgbahn fahren. Die Einstiegsstelle findest du gegenüber dem Hofgarten, beim Congresshaus. Das Bauwerk mit seinen 1200 Glasteilen erinnert dich vielleicht an etwas. Es wurde nach Plänen der Architektin Zaha Hadid erbaut – von ihr ist auch die Sprungschanze!

Los gehts!

Mit der Hungerburgbahn fährt man erst am Inn entlang, dann über den grünen Fluss und ab dort nur noch bergauf. Bald schon hast du einen tollen Blick auf die Stadt. Auf halber Strecke kannst du aussteigen – und das lohnt sich: Denn dort wartet ein besonderer Zoo auf deinen Besuch.

Einmal Tiergarten, immer Tiergarten

Beim Eingang zum Zoo kommst du an der Weiherburg vorbei. Wie der Name sagt, wurde die Wohnburg, in der auch schon

Kaiser Maximilian übernachtet hat, nach einem Weiher benannt. »Weiher« kannst du auch zu einem Fischteich sagen, und Fischteiche gab es an dieser Stelle viele, genauso wie einen kaiserlichen Tiergarten. Wen wundert es also, dass ausgerechnet hier 1962 ein Zoo eröffnet wurde?

Ein Zoo ohne Elefant

und auch ohne andere exotische Tiere ist der Innsbrucker Alpenzoo – und er ist sehr stolz darauf. So findest du hier nur Tiere, die in den Alpen leben oder früher hier gelebt haben.

Geburtsklinik für wilde Tiere

Wenn Tiere, die im Alpenzoo geboren wurden, umziehen, und zwar in ihren natürlichen Lebensraum, dann nennt man das Auswilderung. Dem Alpenzoo gelingt es immer wieder, vom Aussterben bedrohte Tierarten im Zoo aufzuziehen und dann in die Freiheit zu entlassen. So wurden erst kürzlich zehn Steinböcke nach Salzburg gebracht, um in den Hohen Tauern ein neues Zuhause zu finden.

Nicht nur Steinböcke haben Bock auf Freiheit! Im Liniengewirr findest du Tiere wie einen Bartgeier, einen Bären und auch eine scheue Wildkatze. Findest du heraus, wer mit wem verbunden ist?

Kein Saustall, sondern ein Schaustall!

Neben den vielen großen und kleinen Gehegen und Volieren – wie die Vogelkäfige heißen – gibt es noch einen Wirtschaftshof. Hier leben neben Kühen, Ziegen, Schafen und Hühnern natürlich auch Schweine. Und das Beste ist: Die Bauernhoftiere kannst du nicht nur beobachten, du darfst sie auch streicheln!

Mach es doch wie die sportlichen Tiroler und wandere in nur 30 Minuten vom Alpenzoo zur Hungerburg!

Der vorbestrafte Fischotter

Bis heute wurde nur ein einziger Besucher im Zoo gebissen: Verbotenerweise steckte dieser nämlich seinen Finger in das Gehege der Fischotter. Das ließ sich ein pelziger Schwimmer nicht gefallen und schnappte zu. Auch wenn die Verletzung nur klein war, folgte eine Anzeige – und eine Vorstrafe für den Fischotter.

Lern-Spiel-Einheiten bei den Gehegen, Spielplätze und eine Kletterwand machen den Alpenzoo noch spannender!

Die Stadt zu Füßen

hast du, wenn du mit der Hungerburgbahn weiter bis zur Endstation fährst. Von der Aussichtsplattform kannst du jetzt ganz Innsbruck von oben sehen. Mehrere Infotafeln helfen dir bei der Suche nach besonderen Gebäuden.

Sehr hungrige Wanderer

Das erste Haus auf der Hungerburg war ein Sommerhaus. Die Bewohner der Weiherburg ließen es 1840 erbauen und nannten es »Neuhof Mariabrunn«. Vorbeikommende Wanderer erhielten hier eine Jause. Nur richtig satt wurde scheinbar niemand. Denn schon bald kannte jeder das Haus unter seinem Schimpfnamen »Hungerburg«. Heute heißt der ganze Stadtteil so.

Streit im Gotteshaus

Immer mehr Häuser und stattliche Villen wurden am Hungerburgboden gebaut, und schon bald wünschten sich die Bewohner eine Kirche. Eine moderne Kirche sollte es sein, gebaut und ausgemalt von Tiroler Künstlern.

Mit den Wandbildern von Max Weiler waren jedoch nicht alle einverstanden. Und so mussten die farbenfrohen Gemälde sogar für einige Jahre mit großen Tüchern verhängt werden. Geschadet hat die ganze Aufregung dem Tiroler Maler allerdings nicht. Er machte Karriere und gehört seit damals zu den bekanntesten Künstlern Österreichs.

Die Theresienkirche ist – wie der Name schon sagt – der heiligen Theresia geweiht. Viele Gläubige haben der Heiligen als Dank kleine Täfelchen in der Wallfahrtskirche hinterlassen. Findest du die Tafel mit der Aufschrift: »Bitte hilf weiter!«?

Wetten, dass man bis nach Italien sehen kann!

Jetzt geht es mit der Nordkettenbahn weiter bergaufwärts. Je höher die Gondel nach oben gezogen wird, desto kleiner wird die Stadt und umso beeindruckender die Aussicht.
Oben angekommen kann man im Winter Ski fahren oder einfach nur über die Berge schauen. Und bei schönem Wetter sieht man tatsächlich bis nach Italien.

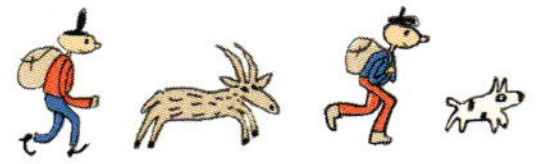

Zuflucht in den Felsen

Auch Kaiserin Sisi war angeblich begeistert vom Blick auf die Berggipfel. So erzählt man es zumindest im Film. Die Skihütte, in der sich die Film-Sisi mit ihrem Film-Kaiser vor der bösen Schwiegermutter versteckte, gibt es immer noch auf dem Hafelekar. Die Kaiserin musste den steilen Aufstieg allerdings noch zu Fuß wagen. Die Nordkettenbahn wurde erst im Jahr 1928 eröffnet.

Hoch zu Ross

erreichte eine andere Frau den Gipfel der Nordkette. Der Sage nach handelt es sich dabei um Frau Hitt. Selbstsüchtig und herzlos soll sie gewesen sein. Als Frau Hitt eines Tages einer armen Bettlerin statt Brot einen Stein zu essen gab, wurde sie bestraft und erstarrte zusammen mit ihrem Pferd selbst zu Stein.

Eine Grube ohne See

Die Stationsgebäude der Seegrube stehen unter Denkmalschutz und wurden aufwendig renoviert, damit du auch heute noch auf rund 2000 Meter Höhe etwas zu essen und zu trinken bekommst. Bei einer Rast auf der Terrasse solltest du allerdings gut auf die schwarzen Vögel achten. Wenn du nicht aufpasst, schnappen sie dir nämlich ganz schnell die Wurst vom Brot.

Die großen schwarzen Vögel nennt man Jochdohlen.

7. Was du in Innsbruck und um Innsbruck herum noch alles unternehmen und anschauen kannst

Wenn du alle Rundgänge gemacht hast, kennst du Innsbruck schon recht gut. Aber natürlich gibt es noch viel mehr zu sehen und zu tun in der Stadt!
Damit du dich besser im Freizeitdschungel zurechtfindest, sind Vorschläge für weitere Unternehmungen in Gruppen zusammengefasst:

Schloss Ambras

Museen

Palmen, Bäume, Blumen

Spiel und Sport

Spaziergänge und kleine Wanderungen

Ausflüge in die Umgebung

Theater und Tipps

Schloss Ambras

Ein Muss!

Schlossstraße 20
Info: 01/525 24–4802
www.schlossambras-innsbruck.at

Erinnerst du dich? Hier lebte Ferdinand II. mit seiner nicht standesgemäßen Frau Philippine Welser. Und es gibt viel zu entdecken: allen voran die vielen sonderbaren Dinge, die der Fürst gesammelt hat. Platz finden sie in einer eigens dafür gebauten Kunst- und Wunderkammer. Eine Sensation noch heute – war es doch der erste Museumsbau außerhalb Italiens!

Im Hauptschloss

kann man unzählige Porträts bewundern – sie alle zeigen Mitglieder der Familie Habsburg. Etwas versteckt findest du ein Badezimmer.
Es wurde extra für Philippine Welser gebaut. Die Kräutergärten stammen auch noch von ihr. Sie soll eine hervorragende Köchin gewesen sein.

Rund um die geheimnisvolle Bacchusgrotte

lockt ein großer Park. Bei seiner Erkundung triffst du auch auf Pfaue, die hier schon immer herumstolzierten. Und mit etwas Glück kannst du sogar in eine echte Ritterrüstung schlüpfen ...

Museen

Tiroler Landesmuseum Ferdinandeum

Museumstraße 15
Info: 0512/594 89
www.tiroler-landesmuseen.at

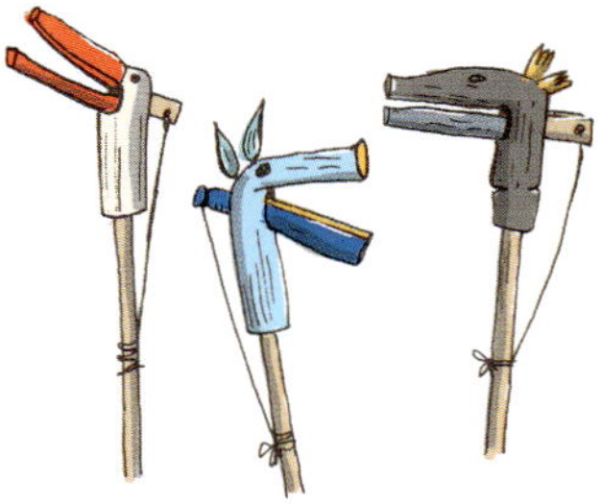

Zwei Fabelwesen bewachen die Tür. Drinnen gibt es viel Kunst. Ob Bilder, Statuen oder Fotos – das meiste stammt von Tiroler Künstlern. Wenn du dich selbst einmal als Künstler versuchen willst, dann hast du im Offenen Atelier Gelegenheit dazu.

Tiroler Volkskunstmuseum

Universitätsstraße 2
Info: 0512/594 89
www.tiroler-landesmuseen.at

Eigentlich ist dieses Gebäude ein Kloster. Nur Mönche leben schon lange nicht mehr hier. Dafür findet du: mehrere ganz aus Holz gemachte Stuben, eine beeindruckende Krippensammlung und viele andere alte Sachen. Außerdem kann man den berühmten Schwarzen Mandern von oben auf die Köpfe schauen ...

Museum im Zeughaus

Zeughausgasse 1
Info: 0512/594 89
www.tiroler-landesmuseen.at

Hier findest du den berühmten Höhlenbären, die Globen von Peter Anich und noch viel mehr Spannendes zur Tiroler Geschichte. Maximilian I. hat dieses Gebäude errichten lassen. Damals war es kein Museum, sondern ein Waffenlager. Die beiden Kanonen am Eingang erinnern noch an diese Zeit.

Tirol Panorama mit Kaiserjägermuseum

Bergisel 1–2
Info: 0512/594 89
www.tiroler-landesmuseen.at

Im größten Kunstwerk von Tirol wandert man auf den Spuren des Helden Andreas Hofer und erlebt eine Schlacht am Bergisel hautnah. Vom angrenzenden Kaiserjägermuseum hat man eine tolle Aussicht auf Innsbruck.

Museum Goldenes Dachl

Herzog-Friedrich-Straße 15
Info: 0512/5360 1441
www.innsbruck.gv.at/goldenesdachl

Der berühmte Kaiser und seine Zeit stehen im Mittelpunkt dieses kleinen Museums. Absoluter Höhepunkt deines Besuchs ist der Blick vom Balkon. Wie Maximilian kannst du von hier den Menschen auf der Straße zuwinken.

Archäologische Sammlungen der Universität Innsbruck

Universitätshauptgebäude, Innrain 52
und Atrium, Langer Weg 11
Info: 0512/507-37568
www.uibk.ac.at/archaeologie-museum

Viele antike Statuen und Fundstücke entdeckst du in dieser Sammlung. Das Besondere daran: Fast alles ist aus Gips nachgemacht und kunstvoll bemalt.

Glockenmuseum – Glockengießerei Grassmayr

Leopoldstraße 53
Info: 0512/59416
www.grassmayr.at

Wie wird eine Glocke gemacht? Antworten auf diese Frage erhält man von einem der ältesten Glockenhersteller der Welt. Denn hier werden immerhin schon seit 400 Jahren Glocken gegossen.

aut. architektur und tirol

Lois-Welzenbacher-Platz 1
Info: 0512/571 567
www.aut.cc

»Adambräu« steht groß auf dem Haus geschrieben, das einmal eine Bierbrauerei war. Heute befindet sich im Inneren ein Zentrum für moderne Architektur.

Audioversum

Wilhelm-Greil-Straße 23
Info: 05 7788 99
www.audioversum.at

Hier dreht sich alles ums Hören. Freu dich also auf eine lustige Klangtreppe, viele interaktive Installationen und Experimente rund ums Ohr.

Galerie im Taxispalais

Maria-Theresien-Straße 45
Info: 0512/508 3171
www.galerieimtaxispalais.at

Das alte Wohnhaus der Grafen von Thurn und Taxis war einmal ein Postamt. Heute ist es eine Galerie für zeitgenössische Kunst und es gibt immer wieder Ausstellungen.

Palmen, Bäume, Blumen

Palmenhaus im Hofgarten

Ecke Rennweg/Karl-Kapferer-Straße
Info: 0512/584 803

Ein Besuch im Palmenhaus ist wie eine Reise auf eine Südseeinsel. Neben vielen exotischen Pflanzen genießen auch die schönen Schmetterlinge das tropische Klima und flattern durch das große Glashaus.

Botanischer Garten

Sternwartestraße 15
Info: 0512/507 511 72
www.uibk.ac.at/botany/botanical_gardens

In diesem Garten erfährst du alles rund um die Blume. Doch aufgepasst: Manche Gewächse sind giftig! Wenn du dich für

Botanik interessierst, kannst du einen Workshop der Grünen Schule besuchen. Dies ist im Rahmen der Jungen Uni in den Sommerferien möglich.

Am Patscherkofel

Naturlehrweg mit Buch: erhältlich bei den Patscherkofelbahnen
Info: 0512/377 234
www.patscherkofelbahnen.at

In nur zwei Stunden kannst du einmal rund um den Berg gehen. Insgesamt 15 Stationen unterbrechen dabei deine Wanderung. Hier erfährst du Interessantes zur Entstehung der Berge und Wissenswertes zu besonderen Pflanzen und Tieren in Tirol.

Spiel und Sport

Mit den Innsbrucker Bahnen auf die Hausberge

Nordkettenbahnen

Info: 0512/29 33 44
www.nordkette.com

Patscherkofelbahnen

Info: 0512/377 234
www.patscherkofelbahnen.at

Patscherkofel oder Seegrube – du hast die Wahl. Im Winter kannst du dort Ski fahren und im Sommer wandern.

Olympiaworld Innsbruck

Olympiastraße 10
Info: 0512/338 380
www.olympiaworld.at

Olympia für alle – heißt das Motto. Und so kann hier jeder »sportln«: egal ob auf dem Eis, im Eiskanal oder auch in der Volleyballhalle. Die Liste der Möglichkeiten ist unglaublich lang.

Kletterzentrum Tivoli

Stadionstraße 1
Info: 0512/397 340
www.kletterzentrum-tivoli.at

Wer hoch hinaus will, muss auch das Fallen lernen. Darum üben Anfänger erst einmal das richtige Anseilen und Fallen ins Seil. Ist man darin Profi, steht einer Klettertour an steilen Kletterwänden nichts mehr im Wege.

Freibad Tivoli
Purtscheller Straße 1
Info: 0512/502-7081
www.ikb.at/baeder/freibaeder/tivoli

Sommerlicher Wasserspaß mit fünf Schwimmbecken, einem Sprungturm, einer 70 Meter langen Wasserrutsche und einem Wasserspielgarten.

Städtische Hallenbäder mit Wasserrutsche
www.ikb.at/baeder/hallenbaeder

Bei jedem Wetter schwimmt und rutscht es sich in der Erlebnis-Oase Olympisches Dorf *(Kugelfangweg 46, Info: 0512/502-7061)* am besten. Wer es ruhiger mag, geht ins Jugendstil-Hallenbad Amraser Straße *(Amraser Straße 3, Info: 0512/502-7051).*

Spaziergänge und kleine Wanderungen

Da wo der Drache hauste ...
Ausgangspunkt: Wiltener Basilika

Folge einfach den Hinweisschildern »Sillschlucht«. So kommst du dem wilden Sillschlucht-Drachen ziemlich nahe. Zurück gehts über den Bergisel.

»Zum Höttinger Bild«
Wallfahrtskirche am Fuße der Nordkette

So heißt eine kleine Kirche mitten im Wald. Um dort hinzukommen, hast du zwei Möglichkeiten. Beide beginnen bei einem Gasthaus mit Spielplatz. Vom Planötzenhof geht es steil bergauf. Startest du am Gramartboden, bist du schon fast auf gleicher Höhe mit deinem Ziel.

Zum Dichterfriedhof
Rundgang im Stadtteil Mühlau

Dort wo Kaiser Maximilians Waffen hergestellt wurden, fließt immer noch ein Bach. Bei der Umrundung des Baches kommst du an einer verlassenen Fabrik vorbei und zu einem Friedhof. Hier liegen berühmte Schriftsteller begraben.

Am Fluss entlang
Ein Stadtspaziergang

Wie wichtig der Inn für die Stadt ist, ist ja kein Geheimnis. Schau ihn dir doch einmal aus der Nähe an. Über eine der mittlerweile zwölf Brücken kannst du schnell das Flussufer wechseln. Und Spielplätze gibt es auch genug.

Der Goldbichl

Archäologischer Pfad zwischen Patsch, Igls und Lans
www.goldbichl.at

Ein Brandopferplatz mitten in den Alpen und auf dem Weg dorthin viel Interessantes zu längst vergangenen Zeiten.

Ausflüge in die Umgebung

Zur Nachbarstadt

Hall in Tirol: Burg Hasegg
Info: 05223/5855 520
www.muenze-hall.at

Wo hört Innsbruck auf? Wo beginnt Hall in Tirol? Die beiden Städte sind heute fast zusammengewachsen. Beide liegen am Inn und beide haben ein schönes mittelalterliches Zentrum mit alten Häusern und vielen Sehenswürdigkeiten. Reich wurde Hall einst durch das Salz, das im nahen Halltal abgebaut wurde. Und berühmt ist die Stadt heute noch aufgrund des Münzerturms. Hier kannst du sehen, wie aus Silber Geld wurde.

Im Himmelreich

Freilichtmuseum Himmelreich und Museum Wattens
Info: 05224/54012
www.museum-wattens.at

Lange vor unserer Zeitrechnung lebten auf diesem Hügel schon Menschen. Die Grundmauern ihrer Häuser gibt es immer noch, und so kannst du dir so manches Fundstück im Museum anschauen.

Das Reich des Riesen

Swarovski Kristallwelten
Info: 05224/51080
www.kristallwelten.swarovski.com

Ein Ort zum Staunen und Eintauchen in eine funkelnde Welt. Hier gibt es: einen Riesen, viele Kristallwunder, einen großen Garten und einen ganz besonderen Spielturm.

Mit der Stubaitalbahn

gehts über geschützte Wiesen und Wälder nach Fulpmes zum Schmiedemuseum, zum Greifvogelpark Telfes und zum neuesten Schwimmbad der Gegend.

Stubaitalbahnhof

Pater-Reinisch-Weg 4, Wilten
Info: 0664/111 6001

Schmiedemuseum Fulpmes
Fachschulstraße 4, Fulpmes
Info: 05225/696 024

Stubay – Badespaß für alle
Telfer Landestraße 111, Telfes
Info: 05225/626 66
www.stubay.at

Greifvogelpark mit Flugvorführungen
Info: 0664/341 5878
www.greifvogelpark-telfes.at

Theater und Tipps

Landesjugendtheater
Josef-Wilberger-Straße 15
Info: 0512/575 362
www.landesjugendtheater.at

Auf dem Programm stehen Musicals, Tanzvorführungen und Theatermärchen.

Theater Stromboli
Kulturlabor Stromboli in Hall
Krippgasse 11
Info: 05223/45111
www.stromboli.at

Zwar in Hall, aber immer eine Reise wert – im Kulturlabor Stromboli werden Kinderbuch-Klassiker aufgeführt.

Toni Times – die Kinderzeitung
Info: 05 04 03
www.tonitimes.com

Adler Toni hat alle News für dich – jeden Tag online und einmal im Monat als Sonntagsbeilage in der Tiroler Tageszeitung.

bilding – Kunst- und Architekturschule
Amraser Straße 5a
Info: 0699/128 479 39
www.bilding.at

Lust, richtig kreativ zu sein? Dann bist du hier richtig! Künstler und Architekten helfen dir bei der Umsetzung deiner Ideen.

Die junge Uni
Info: 0512/507 320 04
www.uibk.ac.at/jungeuni/

Forscher aufgepasst! In den Sommerferien öffnet die Universität Innsbruck für euch ihre Tore und bietet ein spannendes Programm mit Workshops, Vorlesungen und Experimenten. Besonders Fleißige erhalten am Ende des Sommers ein Jungforscher-Diplom!

Rätsellösungen

Seite 23: Schlossermeister Josef Kiebach war ein Wohltäter der Stadt.

Seite 24: ... in den Goldenen Löwen oder ins Weiße Rössl?

Seite 28: Die Reliefs wurden ins Museum gebracht, damit sie vor Umwelteinflüssen wie saurem Regen oder Tauben geschützt sind.

Seite 31: Vier Frauen haben ein Buch in der Hand.

Seite 33:
1. Zeughaus
2. Apfel
3. Burg
4. Gämse
5. Bronze
6. Turnier
7. Maria
8. Engel

Maximilians Nachname ist: Habsburg

Seite 35: Die seltene Blume heißt Edelweiß.

Seite 36: Ein Ofen erinnert daran, dass hier einmal geheizt wurde.

Seite 37: Der Engel, der auf sein Herz zeigt, steht für die Liebe.

Seite 40: Das Märchen, in dem ein Brunnen eine wichtige Rolle spielt, heißt »Der Froschkönig«.

Seite 43: Der Edelmann und der Vogel ziehen in das Haus ein.

Seite 46: Die berühmte Kaiserin ist natürlich Maria Theresia.

Seite 51: Die fünf olympischen Ringe sind blau, gelb, schwarz, grün und rot.

Seite 52: So geht das Lied weiter:
»... wer wohl am besten sänge, zur schönen Maienzeit«.

Seite 54:
Matreium = Matrei am Brenner
Inutrim = Nauders am Reschenpass
Augusta Vindelicorum = die Hauptstadt der römischen Provinz Rätien, heute Augsburg

Seite 58: Miteinander verbunden sind:
Fischotter und Wildkatze
Bartgeier und Ameise
Bär und Eule

Seite 60: Den Spruch »Bitte hilf weiter!« kann man gleich auf mehreren Tafeln lesen.

Register